杭嘉湖平原诗札

发轫

柳文龙 著

长江出版传媒 长江文艺出版社

浙江省丝路文化带建设项目

柳文龙，浙江浦江人，中国作家协会会员，诗人，已出版《我心中的星辰大海》《彼岸千年》等诗歌专集六部。现居嘉兴。

目　录

辑二 或许，你我

辑三 打开秋水两翼

辑 一

无雪的日子

飞驰的平原

此时，我还是离不开神的暗示
棘手的苍耳虽为叛逆
似在不经意间，埋首到一场寒流
冻土，人间温热的压舱石
西风捏停了小鸟，叫声
从一个腔体挤入另一个腔体
打破万物无休止的猜测
水泽和旧船板，漩涡打转而来的尘世
良久了……我内心一片狼藉
导致一年三熟年景，为我生疑
为我误领一把锈铁镰
磨不亮，这最后结局——在我心中
一直缺少一块飞毯般的田畈
被月色烘托到崭新高度
所谓光芒，也就是
无意识的、一致向内的游刃

在冬日

黄昏的到来，对于劳作之人

一种自然而然的解脱

秸秆倒伏于田垄，仿佛人心所向

镰刀开始检视短暂生命

刀刃上一道白光，无非在说

……对自己不够狠，冷酷一点

四面白雾，围住孤单的影子

想听到——田野上另一种心声

稻穗抽出一缕缕雪花

仿佛在改变季节的交替

太阳里有个风火轮在旋转

如搭错的车，在余晖里

谷粒滚烫的温度，如泥土内的磷火

运河的流水向肉体碰撞

因为这命运重置、泯灭部分

所谓花开两头，也就是——

枝节不断涌出梦幻、虚无之果

雨一直下

夜雨对于尘世是一种拒绝

它触碰到寒冷边际，从来就

没有可以逆转的苦难

芭蕉叶滚滚而来的——为天落水

为昼与夜的相持而存在

当风声飘过来一阵战栗

似一次爱的较量，我将成

今晚的轻吟，无法独眠一休

被雨水泡软的田地……开始模糊

因只顾清点指尖上斗箕

而使今夜星座暗沉，疾风涤荡

断流的河床倒悬在半空

我在窗口，看到树杈弯作弓状

——就缺一支响箭，从后背勇敢地射入

因这无邪的构想，航线延续

知更鸟不灭的欲望与执念

涌出泪水，是点亮黑空的光线

无雪的日子

无雪的日子，日头在叶脉上
蠕动，投下了一片生机
而我脖子冰凉、生疼
看到的水塘开始虚晃
仿佛沧浪之水盛到大碗里
规避多年来脆弱的神经
一次漫不经心的转身
流泉一滴滴速冻成骨刺
它将划伤我漫长的
冬眠之梦——每个边角压住余生
而谢去的荼蘼一夜未醒
暗淡的光线滞留于水珠表面
我日夜不分，冷热不均
一次次地打入自己的内部
不相信一场雪，将化掉沉默
余下的残冬
在走远之时露出破绽

冬至夜

这时，凭我对声音的了解
四周弥散的种子，爆芽，萌动
难有耐心，遍获野地里动静
从一绺蓝光入手，摸到自己的软肋
变得生疼，加剧了依赖
渗透空气的草木清香
在阴雨天排遣心中的戾气
或可抵消对未来的一点
非分之想，让我抖掉沉重的包袱
——甩出去，甩给狰狞表情
甩给一次次自我恐吓
达到内心安良，再平衡
而我们的内心深处，一队陌路人
在享受飨食的同时，也享受着
冬至夜短暂的至暗时刻
彼此没有热量的肢体语言
重新投奔到身体的火塘……

雨声，如此熟悉的回响
一点一滴，往返无常
没有风，风寄生于黄叶背面

总在人失神时，刮起阵阵阴冷
清理我全身内外的杂音

冬　雨

雨一直下，唯有漫长冬天

人被寒冷追赶以后

内心吹出一段宁静的旋律

淡化了整夜雾气

许多时候我听不清雨声

舌苔上味蕾，其实已近黄昏

粘连饥肠，百结柔肠

在柴灶的大火中，续延生活的

另一个细节。我还要再静下来么？

听雨声间芦花鸡叫

听壶底滚水"噗噗"涌动

——这是一个幸福的夜晚

沉醉的人无动于衷

面对李子柒虚化的侧影

体味完美，不过如烹小鲜

从难啃的骨头……算起

秋　分

北风被爆音以后

吹乱了远近山色

清空斑斓的梦想

感召秋天的辽阔、敞亮

把擒获的光线，细劈成节气

劈成比篾更缜密的雨丝

……劈成气若游丝

一点点将地上的碎叶

聚拢为绿茵，供万物呼吸

供我想入非非

院里芦花扫帚，竖着

这是我留给尘土的怀念

目送自己，被打扫，被经历

——绘上金色，绘上淡淡的烟尘

如此秋日，值得珍惜和拥抱

凝望神奇

从一匹马抬掌的瞬间
想象被撂倒的北国之春
践踏……壮阔、悲悯的火焰
大地将要喷薄
痛与快乐并存的阔叶林
枝叶抖落大片绿意
显现一次曼妙的侵扰

溪流扑来了排浪
富于感染，只此青绿
奔马成为水面上的蒸汽
它甩腿，甩掉我内心的烦恼
随着我——飘入黎明前的心雨
为离别挥动着鞭
抽打英雄末路
远山，让我找回湮灭的小道

鬃毛抖落爱的亮色……离不开
一条被抬高的路，一段模糊历史
我用蹄声接受传响
神的旨意，被灵魂驾驭

仲　夏

风被压制到低压层面
所有黄叶露有愧色
譬如花的时光、草的格局
蟾蜍跃过沼泽，一脚踏空了——
清凉日子所剩无几
今晚，我听见鸣叫，皆为幻响
抹去鸟蛋上惊喜的意志

酷热之夜，星辰飘洒的花粉
能否授入我体内干瘪的
……蓓蕾，脆弱的绽放之欲
止不住让草木蓬勃
火苗重回黑暗

今夜，我的鲜活的月色
为一个勤劳的觅食者，可怕的
地老虎，讨到了公允的毒药
光影偏差不算什么，花朵
叫醒花园——我尚未抵达的神往

麦之幻城

只是想舒展筋骨，只是
截住将要散去的雾气
握手言欢……哪怕情非得已
短暂的收割季，麦子熟了
——又熟了，容不得让谁再想想
扶起倒伏的麦穗，深陷
泥泽里暮春，镰刀在风中欢唱

即使割破手指，血仍止于我心
流出的仅是一种畅快
河山无恙，紧紧抱入怀中
这么多年了，每次腰肌劳损
总在留意麦芒下的战栗

别过……金色也要偿还光芒
这一年三熟不朽的轮回
一座麦垛下的幻城
囚我于此，劳作至今

黄昏颂

抖落风中神凝、飘散的
雪花，内心一道弦月
似指尖慢慢弯曲的影子
黄昏在无声中迫降
曾经簇拥着，曾经经历过抚摩
最后双手还是挣脱了
羁绊……怀抱锦瑟
我好像更留意你的安宁

窗口，我坐拥这片月晕
摊开一本旧书，慢慢抚平皱褶
一个个鲜活的文字跳过来——
有你的翕动、你的口音

守候灯火

写了很久的题目，疲惫的
春夜，一声轻叹
仿佛我扔出窗子的小石子
一粒很微小的介质
可以听到黑夜的深潭
巨大爆音，和留驻后的长久沉默
当夜色爬上藤萝——仰视我
潦草的日子破窗而入
我仍在为情感默写生字
为平淡生活抄写段落大意
至于那些读不通的文字——
只能让内心慢慢抵达
一簇簇花朵似的语言的美好
尾随着被黑暗管控的灯火
美好如斯，像小橘灯

尘世间

尘世无限放大，我心地无限地
局促，让白炽灯留驻一隅
柏油速冻出偏安的路面
谁也无心插柳……距离里你我
一次无法拨打的断线
打断昼夜温情，柳絮蓬松地飞
折射清晰的玻璃光

我像闯入你的智慧小镇
腼腆地对开月洞门
里面有宏伟叙事，临近青春的窗口
窗明几净的妊娠期，怀抱着殿堂……
用月光，绞尽脸上迷惘
我听到寂静中莫名的冲动
从瓶花的茎梗——掐落，捏碎
随后是战栗，随后是缄默

秋 水

独自往湖口边奔跑

羊头草缠上困顿生活

双脚止不住……潲漫水势

堤岸的直线泛起了弹性

距离之美若隐若现

唯有飘去的梧桐叶，送去嘲讽的寒声

用正反两面修正着——飞行目的

微微的抖动，和从湖面上迢递

而来，连绵不断的寒焰

水色使我们荣归故里

草垛似在构建灵魂大殿

等待着兔王，脱落前世衰败的皮毛

草木间总会有柔软的风

放下身后万千碧波

汲 水

在河边，一个心如止水的人
夕阳填埋无欲的身影

蕨菜妄行的年代，他投身为船
运载草木春秋，造就余生
世俗的路程……为人子，为人父
唯恐船艄有什么闪失

抽去石桥，抽去跳板
抽去水中跳跃的火舌
眼看着河面凉下去
卸下小船的轻盈之美，上岸
再走也走不出自己的双脚
走不出体内另一个声音，残草和
盘踞的甲虫……它们的聆听

春光误

到了清明，梨花散尽全部的
凉意，我灵魂的天色尚早
身后天空、云朵，摇曳万千颜色
春夜将触底——女人似已老去
树杈上，左手和右手间
飞鸟嗅到春天气息
这一切，不是伤心的理由

鸟鸣，粘连我们的呼吸
那和风细雨式的碎浪，有青草味
透过窗上的玻璃光
驯服我全身……明净的战栗

我们折返吧，也许——
春光是相互默许的距离

听一场暴雨的诞生

那些被鱼鳔托起的水花
将沉入更深的深水区
生命或许触碰黑暗，而鳍干
挺拔，永远指向天空
这是桃花指向，在诗句里绽放
浮萍下——沧浪之水
来自今年的第一场细雨
我开始从纸面上拉网，拉起
风声、雨声所连接的诗行
唯独漏掉汪刺鱼的叫声
咯吱咯吱的哼唱，一如文字
平静地递入杨柳岸，夹在诗集里
的读音……也是神的应答
我接过对方摘下的光亮
和积攒的一片片涟漪

春　分

你不是种树，只是把树苗
安放在可以避开风口的地方
当然，还有无限量根须
它们大多数爬出羁绊
组成了泥土内的黑暗军团
紧紧撼动你的幻想、你的冲动
锄头被闲置于天空下
你从未像今天这样坦荡
一个人的心事，叶脉间青涩
如浆果漫长的成长期
面对手心之中软化之茧
月光般虚无……还是足够坚韧

刈草的一个个掀开头巾
女人嬉闹的声音，随春风吹来

奔跑的细雨

跑吧，奔跑着，身旁细水长流
龙葵、夏枯草、野薄荷……雨一直下
一生浸湿于土壤，你不说
无法汲取大地梦想。命硬似木
心软似土，软如木槿花头冠
戴在你头上成纯洁的新娘
一种脱离花篱的自由衍生
田野被一阵狂风托举
我来时你尚存一丝温存
我走了，勾画出清新的轮廓
激扬今日完美的游荡
线条将深入肌理
进入夜色，成一片薄云
一个水潭，把自己悄悄打开
脱俗的妆容，映出炽热的过去
"将筋疲力尽的肉体，交还到手里"

圆通古寺

想留住一点悲悯
你要用烛焰中铜钹、铃铎
和驴皮鼓的捶击，唤醒它
你要抽去悬空飘扬着的经幡
用一生的冤冤相报、旷世之恋
你要白费一只鸟的口舌
用大雪来澄清心中的天空
你要一叩再叩，叩别人生低谷
用两行热泪感化、礼忏
你要不断悔过自新，不断战栗
不断地痛心疾首和体无完肤
为自己起草一份大爱宣言
所有人念念有词的时候
随那只鸟一起闭嘴
想留住这样的悲悯——
你要用一个寺名铭记它的幸福
你要用整个寺庙超度它的不幸

泡 影

坐在湖边，伸下了两条腿
也就放下身后万顷碧波

围拢的鳑鲏，唧唧啜水
仿佛唤你乳名，追逐陈年旧梦
随风而倒的芦荻，像是替你出头
芦花从未停止对沉默的
绽开，追索水色中一份真情

注定一生蹚这潭浑水
一生注定在污泥浊水游弋
自溺，自怜，从不自暴自弃
闪亮的鱼鳞照透腑脏
记不起——渡你过岸的苇叶
抽走一片月光，冒出一个泡影

早 春

湖蓝颜色，我曾经的幻影

味蕾也品到蓝的精妙

渴盼如烹小鲜，入味即过往山色

身体被雾气围得团团转

树冠上，有一只治大国的小鸟

从我头顶伸出菩提枝

引导人与自然的和谐方式

它诱水入岸……精于攻心

草木渐失欣赏能力

被春风斩断柔软的形体

因爱而触情的水荇菜

小小的叶子，金黄色花色

怎能为我掩盖住横生的

烟波，像绿叶推送的锦瑟年华

涉水轻放的早春二月

葵　说

阳光一路神行，往前走去
葵怯怯地退到你身后
露出大脸盘，照亮你后脑勺的
全部——在那里，草木虚化
发光的并不全是金子

花盘的智慧偿还给诸神
太阳重复光明和未来日子
现在，风吹的感觉太美了
吹到悲愤处，一粒粒夺眶而出的
葵籽，从你的目光涌动
喉咙里，滚动着二月春雷
身体浮现出风的形制

光彩、高傲的良人倩影
你的茎秆摇曳柔美的腰肢
身底下，那悬而未决的情感的
……落差，温暖耐旱地生长
沿着络叶的呵护，一根筋长下去

云朵盖住了你的头顶，会有
纷披如雪的抵达……恍惚似梦

推开椅子

每个人都可能藏匿私物
——或自私之物，让时间成为
隔墙之耳吧，而情感以外
有一座私设的公堂
你我纠葛，凭借心中的胆气
让讼期变成遥遥无期
愤恨会留住对方的温度
完整记载每一片不舍之情

我们不屑于结案陈词
却相互从容地推开椅子
放飞的山林，一起进入新视野
一些杂念跟随四散的马匹
像被马鞭清脆地抽打

河水斑斓

沿着小道一直走下去
细叶的皇冠草，在我眼前截流
远看如挂在天空的毡毯
斑驳色彩，纷纷向四周游弋

将朽的木桨，落下一堆枯败
那是留给我的唯一迹象
远水与近火，或许难救彼此之患
压舱石压住秋天一角

我一点点试探着水温
硕大的泡沫，挤破该有的幻想
冬天——来得如此猝不及防
只有忍痛淹掉衰老的过去
舱板浮上温暖人间

秋天的诗

从瓦砾捡起星屑，从鳞片刮开
昨晚遗存的一阵阵诗潮
所有诗句，迢递一路水声
被风吹倒的芦苇站起身
经历蚌壳轻微的震荡
不在意逆光下的错落生活
让欲说还休的另一个人
——那一个渐渐离散的影子
留下诗集……我独自朗诵
从此景象，不外乎兴奋、燥红
双颊涂满绯色与世故

我止步于脚下的纷争
像静静的蚌珠，坐等被夜潮吞没
在诗行中预留一页空白
当水汽吸附空荡荡的肉体
悬浮之气，若即若离
我控制住泛起的无尽想象

水往低处

站在田塍，我成这个城市的
低洼，一些柳絮飘过来
我慢慢地低过尘埃

花粉会钻入风的缝隙
内心的裂痕，也容纳了
我所有微光——低过失重的枝头

白梅从黄昏追逐至今
诱惑我记住这片空白
踏入更低堤岸，水的尽头

远方低过身后暮色
双脚跷起来……抬高了月亮
我的后半生，还是低过前半夜

没有比水中之月，更低的格局
更低的水柱迷失自己
我用细水长流，保全人格高度

虎狼之气

边牧犬嗒嗒地吠叫，吹开了
寒流飞雪，想象的天堂洁白如斯
一朵梅花熄灭另一朵梅花的
娇艳，燃尽的都是勇气、锐气
——和赶杀不尽的虎狼之气
而大雪重组一个新晨
我与怀里的狗子，为幻觉所误
为大雪所误，静默只为了避免危机
蛰伏在雪地里，淅淅沥沥
使我的全身布满着愧疚
哦，对雪光我也该细加蓄养
大地产生本能的沉缓
苍茫视野，我们重新合围
亮出巨大而妩媚的尾巴

我原谅了生活，原谅了远方
和变得一尘不染的雪地

蜜蜂的誓言

花朵凋谢前，叮嘱蜜蜂——蜇吧
再蜇一口，以刺入内心的勇气
吐出全身苦水，永不言弃

你从此收敛翅膀，折返春秋
想念来日不多的黄花
在你体内，豢养一匹小马驹
踩踏欢愉的油菜地。你的一生
都在茫然地奔腾
……谷底，贫穷酿不出一滴蜜
"洗尽我所有仇恨，良人啊
——从飞沙以外，捕获爱"

彼此相依在尘土尽头
花香并非甜腻的蜂之语
一次次从花蕊的甜腻中挣脱
小心呵护每一次别离

破裂的坚冰

水面飘出神奇的气雾
柴火燃尽的噼啪声，我的船
还是离不开孤独的境地

夜色里坚冰安详地碎裂
一点点化开水面沉静
使鱼获得片刻飞跃的机会
让我们抵达了温暖原乡

长河经历月色滋养
垒起牢不可破的堤岸
堤上好像有小鸟，喜极而泣
一开腔，我就知你爱恨的
距离……仿佛船已触底
慌乱的叫声拨开水草

我用明亮的船头——
拥抱熟悉的陌生人，上了船
没有爱的痛苦、疼的快感

误 区

树枝筑起了清丽的巢穴
大量的光被吸纳而去
多余热量——冬天给不了保暖的
茅屋，我们赶在大雪前
一路奔跑，迎风晃动的狗尾草
扫清了我心中的障碍
或者，这无人应答的灰喜鹊

屋内砂锅炖沸的场面
那个雾气腾腾的清晨
有婴儿拍打着手掌
洪亮的声音，一掌响过一掌
我无法相信这清新的生长
站稳于那只鸟的细腿上

想你躲入窝内静观世事
觉得时光为一人所误
落单影子……我追溯病根之源
只有你，慢慢啄去浮华
使我思绪发光，有欲飞的向往

夜 行

白净、孤傲，我把灯火引向彼岸
月亮好像天空下的孤儿
注定在相遇之路错失
我成了月光下的孤儿

朝黑暗内多走几分钟
可能更接近黎明的真相
面前层叠的影子，垒起了高墙
脚步一次次被草茎绊倒

几欲踩过冬夜的枕头
……尽头似有一朵朵棉花
晃动似曾相识的柔软的面孔
她们都不像引我入睡的人
发出口音如梦中
——轻碰，唇齿轻叩

纷 飞

一生在静候一枚落叶
我紧按住她消弭的声音
不让指缝溢出寒意
她轻说，迷失才是一种美德
你栽活了阴影，让仇恨的根源
欲盖弥彰，从此枝头恶果累累

枯槁的叶脉，跃动我的脉搏
她不懂旷世的纠葛、杂念
只为我一人之缘，顺藤摸瓜——
上了树，方知天下蚂蚁的心结
对于大象的怜悯，对于我的缺席
大风到来，她曾经的失乐园
树叶飞在乳燕的高度

坐怀险境

乱云里的迷雾，水面歌
又一次将自己纳入未来
未来的山茶花，是否躲得过去
未来压在头顶的乌云
我们所期待的绽放——
随着那场冬雨，赶向人间

池塘是一个奇特平面
水流泛起了雪花般清凉
六角形的空间却涂满想象
一簇簇地飞离——无果的枝杈
迎风断开我的联想
残荷苦苦支撑今日景色
茎秆撑破了天，心境究竟有多远？
也捅不到迟到的日头
我触摸到的……似已失真

我想解开水面真相，水的
风情，我解开襟怀里——
一只小虱的春天

湖边的错误

沿着午后的湖边，看天
看地，我不比一只鸟更理会雪水
——敏感地冒出一丝凉意
烟火味磨白自然的光
还有美人靠——虚挂迟暮倒影

远望壕股塔，传出的檐铃和声
悠悠如花苞发出了细语
多么沉寂难解的一道谜题
我愧对自己劳碌一生
渐生的感念也如此卑微
人活得明白——来自全身无声的
伤痛，无法一遍就唱清挽歌
面对时光喑哑，沾满雨露花香
爱情的嫩叶冰雪还未化

见字如晤——前程随纸面飘落
是否开满花香的桃花笺
折一只载不动世事的小船
给我一颗静心……听水面叩门声
让风穿过新天地，埋没心境
隐去某种遥远的思念

辑 二

或许，你我

大寒将至

远离了水泽，走不出寒风的
微循环，草木深处盛开雪花
光线如小蛇信子，嘶嘶吐动火苗
一生最为脆弱的黄昏
以静制动的过程，指尖迷雾散尽
仿佛一点点塌陷的草地
有个地漏在体内形成
待心中热气袭来，带着芬芳味道
——噗噗地冒出衣裳
书本上、字里行间到处是坚冰
羁绊的冰屑，我不忍卒读

还好有梅，有暗香盈袖
迈入春天的门槛
我把自身安放到任何一个枝头
必然结出红白相间的苞蕾
纷飞小蛾，让我看不到缟素

春风剪刀

从未像今日快活如斯

酒被灌入倒流壶

不奢求醉倒的春风

如一匹微醺的——虚拟的马驹

乏力拖动世间俗事

微尘……细小之恶

一些声音开始暴露无遗

使我的体内积满誓言

不敢大声呛出：一句顶一万句

扶住墙角，古老的蛛网封闭一切

在似醒未醒中期待黎明

指甲一点点圆润，泛着桃色

手中酒杯，把寒冷天气藏在酒液

酒精燃尽人生彻骨之冷

纸灯尚亮，却照射不到心灵

一张兽皮献出了炽热

快乐之痛——卡在两肋

本应插刀的地方，被插一面白旗

是因为确信本性也能摧毁

飞溅的酒沫……抱住夜的大把鬃毛

朝　会

从呛上东海的第一口海水
觉得生死不是相向勾连
海岸线，蔚蓝岁月由此聚拢
我被冲回沙滩，体内
泵动的血液——在一次次回潮

看到一条条穿越季节的带鱼
离开黑暗，都会有所顿悟
它们口口相衔，眼神被蓝色剥离
鳞片折射乳白色幽光，骨骼
积淀盐的苦难，羞于暴露自己

浪花挤压在沙滩上——
我感到风声即将晃醒长夜
乍浦岸头松涛，从陆地迢递而来
与波浪碰撞在大海胸怀

咸涩的海水助推……味蕾上
思想升腾，我说东海如我的朝会
龙王退朝了，飞沫也成为奏本

摸着海的腹地

慢悠悠以身试探——
仿佛摸到大海的腹地
头顶的黑脚信天翁开口了
它一张嘴：世界不是你们的
茫茫大雾，成全我的漂泊船
留下岁月的无限空旷
未被海鸟之翼摇醒
海浪穿越我们的思维
无私孵化，完美的产卵者
波浪推着生命完成进化

我看见了鸟停止滑翔
风仍在舞蹈，编织渴慕的气候
有限的区域将成为胜境
线条坚挺，让我一次次雀跃
我们按捺震荡与波动
潜入晚霞——那红彤彤的风暴云
踏上一滴海水……悲欢之路

船艄扳回黎明

赤足沿着波纹蹚去
大海似被我一脚踏空，涌现了
对岸的堤……对岸的树
对岸的人头，带走多余的泡沫——
拆解和消弭海的深邃

舢板像进入漩涡中心
并非我错失了光晕
网住整船人的前世今生
吻合东海女神的——眸中明月
我感激东方最早的日出
白帆替我的船艄，扳回黎明

我听到风电叶片转动声
像有无数只耳朵在聆听潮汛
还有破壳而出的小白鹭
怯怯地扑向洋面上——热忱的
蔚蓝……向我发出深切挽留

雨中的空寂

雨一直下，打开了天窗——
愈来愈宏大，愈来愈接近真相
伞下，渺小的我似雨滴
静候天下大白

每一粒水珠，来自黑暗的光束
带我找影影绰绰的楝树
无边寂寞——开口就说，苦啊苦
苦楝树早已结果，一簇簇的
落在最短的那个良辰
恍如迎接流离失所的候鸟
压惊，并施以小技

我一步步逼近雨的国度
触碰树林背后潮湿的
——光线。唯有一棵老树呵
让我痛痛快快地流淌……爱与泪水
像心中溅起了火苗
手中捧一把未燃的干枝

或许，你我

许久不谈及——酒和酒席了
双颊的酡红时隐时现
桌面上，日益变粗的纹理
慢慢惊现胃膜内的
旧伤或积液。桌布有月晕
印着一个乡下女人的大脸盘
像是在一天天走向清瘦

我的缺席，并非此去经年
竹子插入黏土，春天已抵达田头
绽开的箬叶……绿如湖水
多年了，深深的歉意退去
土灶袅袅升起乡村往事

因而，还是让人陷于困境
肩胛不惧被风穿透
一种悲凉，早已糅到骨子里
如果我还剩最后的勇气
是因为未被田野错失，清丽的音容
确信生活在慢慢地磨砺

隐形于此

何时，我把自己当一只飞蛾
投入月光之中，让翅膀拒绝夜空
大脑拒绝冥想——平静而沉凝
飞行记录上载有"零事故"
大树下深埋成吨的距离
落叶归零，远眺故乡的高度

尘埃从没有在老屋挥洒
我并非一个恐高者
没有畏葸不前的理由
我只让整夜的风暴提前到来
更深的深渊，更宽的双翅
投入灿烂前程。等不及炊烟飘散
我已对未来了然于胸——
抱住一缕翠，一团板结的泥土
埋首于万千植物的遗忘间
感激低处——仍有真情
这房前屋后的菊与竹
这暗淡的光，把我照亮
这插翅难飞的困境，使我退无可退

在心路上驰骋

我迷恋的灯火之美

嘉海路驰援的车——

奔驰着空旷的世纪田园

无尽的柏油路面，带来平坦后的

耳目一新，平分舒缓的春色

我双脚踏紧车轮均速

那片刻，时光似已脱离车身

行道树反衬着……平衡

眼前冒出飞针般光晕

朝着前方，吹起朦胧的远景

让刹车被情感止动

远处更多的光——呈现心灵天空

缠绵、交织，古老月色

绞入其中，卷进落叶的梦

王店镇在鸟船村半途

人路过——梅花便乱颤一夜

仿佛路人遥远的棹歌

仿佛少年未了的心事

不懂得鸟……忧伤的归途

暮色苍茫

肃立船头，已看见
水的尽头——将至人生低谷
蒲草等你来到了冬天
编织如此细腻的蒲团
供你打坐，迎合水波律动
羸弱的灵魂逆流而上
给你一场浩大仪式，一场内心
愈演愈烈的修行。给你闪电
照亮风雨漂泊的前程
给你坚硬的舵把，给你梅雨水
留住速朽的舱板
而我是来不及泯灭的渔火
为了不被这场雷声埋没
为了束缚一朵飞溅的浪花
为了再次照亮你，我将终身清空
混沌河水——那是你送不走的
歧途，也是一只陶罐的底

暮色将至

高明的舵手，心里都暗藏一盏
天灯，余光必将留给未来
流水在索取舷外之音
那了无生趣的傍晚降临
为续航，为憧憬，抹平整夜风浪
灯火留住我，可以颠覆寒冷
忘记初雪掩盖黑夜一角
河流融入了平静时光

一晃而过的水杉，枝头挂满星星
我不知船进入漩涡中心
手指间……斗与箕纷争
无数的雨，奋力迎合手臂

每次满舵让我沮丧，脊背上
冰冷的汗水，想起无法洗净的河
蔓延至此。我抵达那个空间
已不再有这段时光

暮色四合

从羊圈里跌入的安宁
不是哪一头羊，返祖到远古
暮光豢养一片牧草
四足比双脚，更早会着地
使我看上去无力自拔

多年生黑麦草，从未像今晚
这样舒展豪气，两颊
无声咀嚼……用难以听清的
苍茫云水和意念

在这个食欲凶猛的冬季
羊舔着盐碱地
我还是用自己的背光
打开——坐拥的这锅热汤水

冬日札记

拉开窗帘，一丝古老的凉意
光线停泊在赶来的路上
换季了，我们来不及枯萎
花朵开出更大的诚意——
一簇簇一品红，满树的紫薇……
从十二月枝头，摇醒胆怯和落寞

也许，我们早已预设了春天
沿着脚印走到对岸
深邃而喑哑的黑森林
流水曾带来的美好痕迹
我拈起一朵花——内心的灯
从慢热的体内，燃起一缕火苗
亲人的额头开始发烫了
我们需要草木安慰，花的朝向
和唇语……把我轻轻读出

刮痧

我用十年前的一枚硬币
——刮痧，币值带着正义的体温
力压体内不断喷涌的邪气
空气泛起植物芬芳
应是红拂玫瑰的一缕香
……冉冉盈血，像雨后云彩
体内霞光，照亮冬夜生活
血液欢畅了……我们推自身波澜
卸载全身荒山、暗渠，无可牵挂的
祖屋，左脚对右足的不满
独善其身，把遗憾放到一盆水里
前胸推到后背，从黑暗中推出
一道白光——还裸体的本性

刮痧，刮走的生命之轻
其实早就泛活枝头
无病一身轻，痧痕渗出清泉
我的痛，如我的快船
搭乘另一具躯体逃离现场

平安夜

撞钟人会在今夜醉卧——
一张丝绵被，身如软蚕
鼾声似钟，口水涸散于经书
钟鸣之声早已锈迹斑斑
白雪没有敲响遥远的故事
尽管有冰凌——当我抓住战栗的钟绳
葡萄美酒的芬芳，慢慢溢出来
我努力为杯中添满雪花
一次次凝结成天国祷告
云端发出玻璃碎裂的响动声
像顶棚坍塌……毕生之耻
落向黎明前的沉默
打入绳结内。一大把白胡须
难以让今夜睡个好觉
——所欠我的一场大雪

午后暗语

怎样进入一个完整的午后
铁线莲的藤蔓，一连串圈套
成寒冬的时令和最香的花
我们啜饮一杯苦咖
铁栅栏挡住了胡思乱想
话题转移……昨夜东风、小楼
吹裂的趾背，疼痛的
步履——无法追回一切
让人情意迷失的暗语
仿佛冬至夜，冒出诡异的烟味
或将变作腑脏上阴影

我们无心捞起汤水的鲜美
发酵的牛奶情结，凝固了答案
蛋白质和脂肪都是情的根基
日光下，腼腆的菰之美
孤独者手指吮着奶味
刀、叉、勺——向自己缴械
一件件切入肌肤的凶器呀……

窗口可避开爱的祸端

多年后，我重拾散落的晚霞
对一些花朵已没有印象

冬至夜的小花

所有温暖，是冬至那张黄表纸
透过纸面呵出的热气
你摸着窸窣响动，从案头摸索到
地面，或许就是今年冬天
我见到过的一些假象
……梦里梓树，呈现乌黑之蓝
种植在床前的明月光
结出白花，一朵朵闪耀着
长在阴暗处。人生从此再无重荷

今晚，我不会拒绝你登陆
失去怀念，也就没有碗里的汤圆
空荡荡房子，弄堂风穿过心跳
灶火噼啪作响，感到一个人
流离失所久了，会变得遥远而陌生
我慢慢勒紧手腕上的红线
害怕蜡烛的光溢出
——要点多久就点多久吧
当火苗竖起，馐食发出了香味
整个房间充满团圆的暖意

绿皮火车

绿皮火车一晃而过，带出
你的前半生。一袭肥大的旧军衣
改装的忧郁少年，忧郁年代
面白无须……挂在车尾后的意念
被硬生生扳过岔道
却降伏不了干渴的桧柏
乔木在十米以外，苏醒了
流失的年龄
轻浮——经不起推敲

你还没有数过一节车厢
就听到钢铁的哭叫
把暗蓝的火焰藏入轨道
补上最后一程车票，坚信
——铁轨也是搭载灵魂的天梯
没有谁会抖落一颗石子
迷失于雨滴和泪水
两道坚硬的亮色，像黑夜电闪
尖锐的刺，那跳跃而内敛的光芒

乍浦的黄昏

大海舍弃另一片海
仿佛蜕下的又一种形态
褐黄的海水，我低头看到的
重彩时光，正赶往前方的风暴

我们站在海拔的高度下
成为浪涛的一部分，延续或休止——
对咸苦的墨绿，有一点惊奇
咸得忘了蝤蛑和它的大钳
或想废掉宏大沙器——内心的
堡垒，更改一份旧海图

整个下午，我在滩涂消磨浪潮
消耗满格的信号，乌贼的
空中飞行能力……悬浮之力
一直坚持跃出海平面
对着大海说，拥抱吧亲吻啊
——都应由浪花来完成

我用完了整屏的霞光
扳回满舵后返港的大胜局

这是多么好的一个海港
臂弯里温暖的大港

证词的光芒

证实自己是个发光的柱体
该如何在黑暗中喷薄
像萤火虫一样，飞出一些浪花
双翼悄然收集亮光，消弭漫漫长夜

把神的金指掰开又合上
等我打开手心，星云图存有
无限可能……春去冬来的尘埃
藏匿阔叶背后的较量
像我凡人之力可逮到的
一寸光明，一把蓬乱蒿草
炽热的情绪，显示生活宁静

树枝间每一处细节
纷繁的跳动的毛细血管
找到了体内自身光源
我一路奔跑，像一个光芒制造者
酝酿爱的簇拥力、摩擦力
让大地明白，做一次发光体
点燃心底的芳草地
剩下路程，没有回旋余地

进退在爱之间

一退再退，退到冬夜长路
湖水的边缘，绿皮火车留下的
窗口，呼应美好的灯火
树影泛起剪刀形口沿
修剪过往——为之奔跑的方向
多雨的晚上，退到铁轨边
夜色让伞擦亮天空
默默消磨苍茫的远方
大地也在迎合我的感受
一闪而过的轨道，雪的奔腾的光

我们退去，退到临水照月
倒影中依稀的爱
遥远汽笛，久久浮现……

走失的雪

在大地，走失了整个冬天
好像加塞进你的袖筒
冷，是等待获取的唯一通道
雪光垒出新世界，我未知——
薄薄的雾凇，我也不知
寒风展现生活的意义
呵一口热气，融化多少积雪
和轻轻抹去的冷漠
松林绕过我们的缠绵
走失的一天，将返回飞禽洁白的
胸襟，寒风收起了尾巴
砸碎松果中——你的小心眼

拨开这层神秘的地衣
似与自己走失……和你走失
精神走失于肉体的悬崖
林木隐灭的冬之梦
一个被大雪笼罩的季节
抱团取暖的烟云，呼应我
就像我们爱的黎明
未化的泪珠，暗藏了火苗

雪野绿踪

雪花睁开惺忪眼神，天空
一方朦胧的千秋世界，辽阔雪地
尚未回春……这是风的此岸
我们没有勇气回头是岸
将冬天返还一枚绿叶
当寒冷触碰大树的底线
我并不感到陌生，树林间相遇
残雪拒绝吻别
——从此，让爱变得茫然、冷峻
雪朵飘下了雄兵百万
剩下的战场我来打扫吧
不惧一次次失落
一次次的捶击和覆盖
雪的不弃……我的安详
仿佛来到一个大梦初醒的地方

覆水难收

飞鸟若有生死，雪就是来世
天下木桶虚构了理论
盛放羽毛、卵蛋和幽居生活
短板底下深埋漩涡
像古井般深邃的眸子
我害怕眨眼——触碰睫毛
引来破窗效应，一双破窗而出的翅膀
直捣巢穴灯火通明的盛宴

拨开大树上的枯枝落叶
一个冬天，明净、瓦蓝
弦月留下银光，不是飞的绝境
天空起雾，延续生命与战栗……
我顾不了如烟往事
把撒落木桶外的琐碎生活
接入脚下的细流

桶壁上的水珠，多彩漫画
一生，恰如破壁而飞的大鸟
泼出水，收回终身愧疚

拨开时光下的雨

因你重复进入，我承受无限的
快意，仿佛拨开美妙时光
——大约在冬季，因你重复自己
或许无一滴成为自己
我被你的无奈稀释殆尽
我是你不断的想象和
失重的完美，即使赢得一条河流
赢得生死相许的时光
不息的意志……是风暴前
接受春天的音讯
我将沿着声音尽头
找你源头，缀满鲜果的树
我对你的叶子充满渴望
就像我时刻警惕黑夜
从纷扰的大雾……相遇
又何故苦苦相许
隐现——像听到雨水在冲刷

虚晃的声音

晶莹的石榴籽，结出善果
每一粒都在互换月光

静默的蜜蜂，身怀碎浪
它富于同情心地进入——
花萼，想暴露石榴的隐情
想剥开厚厚的皮，让心旌摇荡
窥探里面紧裹的云彩
它看到锣鼓阵阵、铜钹锵锵
忍不住飞来飞去，带来水、勺子和蜜桶
吻别从未尝试过的蜇痛

等唱片慢慢榨出甜腻
布满风尘的唱针，一直逃避原声
蜜蜂，像从未提起过歌唱

独自斟酌

啜饮一杯小酒，百加德
白朗姆酒……遥远的百年孤独
抓住酒杯中点滴光影
却虫鸣般隐去，留下我的渴念
一种不祥的烈性口感
畅饮人生——大约在冬季
从马匹的鬃毛，飘下了白雪
追随着速度，不停奔流
现在，马刺扎进肉体的快意
像一株大树屹立不倒
好大一棵树呵，经历战争、地震
和瘟疫……骨骼再生的阵痛
莫名的藤蔓挣脱光线
温柔之乡的红甘蔗
口感甘甜，到了至醇想象

浓郁的龙舌兰，冰水涤荡
陌生的莫吉多，想对你爱恨交加
烂熟于心的莫吉多，我非善茬——
以一比三的浓度酩酊大醉

镜中人

你试图走出万仞之险
从丈量的深渊，拆分天地
——起飞，却失去责任的高度
临门一脚又被滑入镜门
如浆果腐烂于波光
而弦月如梦，老枝催生新绿
你的气息扑面而来
水银汁涂满容颜
像个失明者，以淤泥内歌谣
唱响光明……风云或闪电

那里是死结，那里有一个圈套
那里布满蝴蝶结、鸳鸯环
衔接冬天每一个疑问
镜面碎裂，隐现湖蓝的天空
湖蓝的心境在战栗
玻璃光反射不一样的呼喊
一出世拨开云朵看人间
未出世站在天上挑妈妈

舔舐冬的额头

面对虎斑纹的晚霞，我早已

丧失石块变暖的勇气

等待此岸的风涌来

起伏的山河收敛柔情

隐没又一个长夜……

而我只想舔舐冬的额头

搭起雪崩后的松枝

私语的知更鸟，闪亮鲜艳红襟

逼我倒出黑暗前那点苦水

青春、热血——落日与余晖

胯下竹马，一次次跃过人生绝境

对流空气洗涤体内荒漠

我被一片嘶叫声绊倒

广阔的天地，无力地责备人们

而我在不断萃取草木精华

当拥有一只秋后蚂蚱——

将是整个冬天的觉醒

旋转之力

我若是一只成形的陀螺
就用力抽打它——打它同心
打它扭曲的速度，旋转着冬日
打它无奈隐形，暴露的丑
打它附于肉体的每一块反骨
一朵朵栀子花在抽搐
一片片倒流的时速，轻轻落水
如水珠滚落，来自心跳的
细微声波，玻璃光那样穿彻
——枣木质的乾坤

我承载蝼蚁般的卑微
低到尘埃，低过发际线下的
——垂暮生活，天色进入倒计时
也许鞭子可疗伤，可放逐我
忍受旋转后的寂寥：
月光落寞，而鞭痕深情

倾城之恋

我轻吟的黄蜂一会回来

它们涌动、嗡嗡作响

是这个冬天的底色

仿佛在散落一些暮气

到了此刻，已经没有了选择

反复交尾或不断展翅

往返在一寸寸光阴之间

每一对私奔的浪蜂

在菊花上，填满甜蜜的狂词

把碎瓣枉作假想敌

低矮天空，压住田畈万千金色的

感念——朵朵怒放的油菜花

怀中狸猫，一把把抓空气

矫情得忘记自己，忘乎所以

仿佛走出嗅觉敏感期

我在这里，怂恿我，激怒我

……插翅而逃，随一只

来历不明的飞行器

寒夜之光

深夜听到关节的响声
游走于身体的每个角落
这不是骨骼在叹息，是今年的
第一场冬雨，穿透梦与非梦
之间，月晕与薄霭的纠葛
剩我空荡荡一条长巷了
——走进去，从未想全身而退
落枕花下，可怕的自我疗伤
弄堂的风都被吸干了
积满历史虚无主义的血管
像水道一般穿过城市现实
无法应答春天的责备
替换掉我蠕动的灯火
夜航船从床脚下绕过口令
卸载曾经的旅途，曾经沧海
再也无法确认手中干花
开在寒夜中的一道道微光

安静的空杯

空空的酒杯多么安静
酒随缘去，酡颜鸟入快活林
枝头上樱李摆了场盛宴
拆散花瓣，时光索回满树缟素
此岸——天色洗白河水
有哪种声音，比碰碎之杯
更让人心生醉意？

嗜酒者愿和孤独的人
——干杯，与酒杯分享孤独
暗中有血碰到杯沿高度
一次次醉卧自己怀里
现在只剩树在摇动
天也到了寒鸟飞离时刻

寺内寺外

一遍遍催促我的
不是钟鸣，是一池冰水
碎步乱得像一阵风
当冬季的雾气散出
蓝烟一点点翻卷尘世
在空空的大殿内留驻旧梦
——身体轻得几乎飞起
此时，有人等我隐去
掐断最后一炷香火

我也忘了自己存在
看见飨食，嗑开一粒
瘪了的瓜子——寻它的缘
从香灰捉拿陈年火苗
百年遗落下的灰暗日子
寄身于灯火背面
巨大的影子
仿佛紧紧抱住了慈爱

辑 三

打开秋水两翼

轨 迹

我等待于蜷曲结果——
它蜷成一种坚强的硬
它蜷成淡而散漫的远方
它蜷成我还暖后的直白
不仅打动了我
对谁都会产生出无限神往

到了最后一米，锃亮、静默
如落在纸上的雪，来日无多的
冰凌，融化于普通生活
让人自由地呼吸冬的气息
笔挺的直线——扎进耳垂下小孔
钢铁制造的静音，足够让我
摇晃至此，久久不肯弯曲

深秋日

我们终于看清影子
波光破碎，呈现涤荡云彩
一次千里之外的弥合，一声雷鸣
回旋蠕动的本来面目
如日历上愈加清瘦的欲望
枯叶平静撕下当天的
消亡通知——等不到自我灭失
年复一年的平静、与世无争
被卷入一只茧子的蝶变

两个老妇迎着逆光，剥茧抽丝
为我翻一条过冬的被子
她们目光平淡，手指有死茧
双手从另一个世界
扯出黑暗、苦难、前世瓜葛
——拉出我曾丢失的童年影子
为一张即刻成形的棉兜
反复争夺丝线上微光
像场拉锯战，不想把自己送入
那盏行将燃尽的枯灯，也不想
把对方推送给未息的夕阳
我像一条感伤的蚕，蜷缩在深秋

回旋曲

秋凉了，你热衷于把自己
晾在一边——枯瘪豆荚
似乎搬迁的栖息地、洞天福地
可以作虫鸣，唱空了现实
可以为虫卵提供温床
月光的音乐，响彻另一半世界
一切响声使心潮起伏
一切众孽都领受到往生路
在石蜡一般光洁的日子里
抬起头来——仿佛举起手来
迟疑，让你蜷曲着生活惰性
活在当下的喉咙口，肿胀得发亮的
快活林，搔挠情到深处的如意
或不如意，用男儿膝下黄金
——赎纸上的一亩三分地
如意算盘也情到深处……入夜了
入夜了，到秋后算账的时候
还留多少宁静，剪烛另一扇窗

欲望之秋

"活着，将自己枯萎在花蕊
找机会站起来摘取……"

我只是晃动一下双臂
树荫簌簌抖落风的片段，抿住
大头鲻的嘴，它夸张的欲望
想推开河浜涌起的雾气
我提着一篮子寒意看你
我要让遍野——暗结珠胎的
胎菊，宽恕你干裂已久的丰唇
我要放纵每一朵菊花
各怀各的心事，各抱各的小鬼胎
哦，我是被秋天吹落的荒草
为了撑起茎秆上的一片天地
为了你不朽的凋零，我时刻踮起
脚，离你……近点，更近点
那是噼啪作响的
圆润，也是黎明前的阵痛

镜中雏鸟

车到山前，放弃固有的执着
铺就了路程——只能画地为牢啦
钢铁和石块对垒中融合
开阔的视野，消失为松涛，为浮云
为未知，让叶蔓舒展着展开
……一棵树的全身，和它的葱郁
草木归化，各自安好
为离散的兄弟姐妹，日夜眺望
一只灰斑鸠撞落后视镜下
镜子内还有一只雏鸟——
它藏匿在自己的影像里
它的引擎已从肉体间卸载
而飞翔是为了早点结束死亡
啄破天地屏障，让万有引力雾化
以双翅掩面……尾雉永恒
嗨，无趣的生活限制了想象
行进中无法遗忘的徜徉

独行客

左手总给右手留有余地
抓一把茅草，握紧一股空气
此时身体似已平衡
一路沾满你的清香、你的柔软
你感受到了吗——身体内
大地的敦厚气息，人世间烟火……

想要在黑暗采集灯火
想抱住你的惊涛——并久久地
听完你尖叫，我的崎岖，彼此隐忍
我们弃守了大半个丛林
来不及熄灭篝火——也许自己
已被放逐进一块路牌

速度留给我回旋余地
绵薄之力成全了你，我把你
当成共同的指向，和一次野获
欲望将为谁左右……多动、多疑
是你慢摇，还是我足下生风

迟来的告别

忍受了怎样的午后
闻到引擎中空明气息
抽出刺激与烈焰，没有雪
——佯装入冬、霜降季
枯草覆盖心中的山水
那些来不及拔去的荆棘呢？
刺——暗伤尚未平整的原野
这瞬间松弛的肉体，不是减持
慢慢勒紧骨骼……野蛮生长
呵，秘色瓷般洁净的未来
今天这样艰难地静默
时光开始弯曲，并足有韧性
弹出一片遥远飞地
所带来的人与自然的拥抱

对　视

一次对视，就为了穿过对方
穿过臂弯里那个浅湾
抵达前方一片新绿
点燃它，像点燃你内心残枝
桑烟烘托我们，扶摇直上
超越一只鹰的理想

脚下田野成另一个高度
挡住遥远的雪和荒芜
向着桑火，埋入安放灵魂的
……稻禾，我们碾出一粒粒糙米
粗粝、原始，剥离彼此之恨
重又簇拥着——重又迎奉你呵
我们炽热如铁，为烛焰
为春天，引火烧身……

雾里的旗

那是我关于天空的假想
……慢慢收拢觉醒，云的
丝质之薄，一次日落前的收网
从暮色捉到苍茫白发
天黑了，体内飙升起旗帜
迅速卷走了面前的烦恼
而平静人生——掌灯时释放殆尽
现在，你无法原谅我的畏惧
眉骨上庙宇渐渐坍塌
远水与近火，命运相关的道法
难以掐准……瓦罐煮沸时间
你的秋天，在此别过
云朵开始汲取我们的火焰
走在蜿蜒小路，自己左右命运
一生总是游刃有余

古　镇

所有的门板面向夕阳

闭关自守的某一段夜话

门楣豁口不得不说——沉寂黄昏

药渣、公泰和栗酥，绣花鞋踏上了歧途

垂老的电线绕过一些年头

绕到秋天后背，我手指总被电到

一些麻辣烫的多情故事

前方的运河湾带来惊悚

对于夜行人，懒得叫河蚌张嘴

让自己成一个小镇做题家

不说近的，听到梅雨变东风

做错了——非黑即白的判断题

等到抓一把潮湿空气

捏扁了才发现手上有狐臭

来自青砖灰瓦内的百年狐仙

气数不衰。从此不敢独行

如我轻易不趿鞋，不放河灯——

迷途的诗篇

起先是飞，沿着生命轨迹

一次次试图脱离诗歌的蚀光

脱离静音包围下夕阳

形隐的巨翅，你遮蔽心中山川

那哨声——钻入起伏的林间

云朵呼啸而过，正是诗的碎片

击中了水边野花，一朵朵泛起红晕

不停地点头……串通着美

我把头埋向你，酝酿秋雨的篇章

为了喂下隔年的苦果

为了使你飞出天空，我终日

衣带渐宽，富于幻想——这是完整的

诗行，也是我的宇宙观

午时三刻

午时三刻，照亮了向日葵

人影变短了——

短到放不开手脚

短到举止仓促，人心思古

除了短处

只能剩下野蛮生长

难得的真情……咳出人生不如意

阳光在额头修行，留下正果

葵的热恋情结，留下万千子孙

而我是焦土流失的运河水

为了捕捉滴答的秋声

为了回避尘世——

我每夜漂出一条船

那里没有坦荡的惊涛

也是在重逢幽灵

此岸芳草

夜路重复的过程

不是距离——

是远在此岸的芳草气息

池塘的细雨咫尺近

一指之遥，有一只鸟在喋血

翅膀丈量过往，似萍踪

一个港湾的悬念……我在船头

晃动长夜，听到轰起的速度

鸟的狂鸣——我驶入的

是固有地址，抵达的并非那段旧情

已不是完好的原路了

露珠明亮的心，明亮的轻

抄近路，似也无路可走

萤火虫、麦蝶儿、金铃子……

走在我前面，慢慢学着退却

还有鸟，脚步退缩到体内

——让出活路，月光深情地寻找

隐姓埋名

眼前光束，成一根导火索
被白雪燃烧。我像个被炸裂的
浆果，露出暗红心事
包容季节一切误判，泥土
汲取水的柔情，我被雪花接纳
隐姓埋名……感念孤岛
收留着孤独，有了促膝之地
讨论钢铁是怎样被雪融
雪是如何浇筑到钢架内——
而黑夜收缴了光线
避开过往星空，落下失重的雪
让我渐失轻松，暗暗伤神
大风碾压的雪影清晰起来
茫然大地展开它的艰难
眉头下哲学奇想，荒谬又神圣

神　坛

多年以后，我一直觅访着

滋养内心的那片新绿

不是菩提叶，不是曼陀罗枝节

它生长得比指甲缓慢、仔细

形而上的明亮……美的背光

零宿庙遗址旁的桑园

中秋之桑渐入佳境

每张叶子，都是一团慈祥面容

喜悦来自叶络秋分凝露

蚕丝也能拉动水车踏板

千年庙基只剩一个空地址

走下神坛的佛，早就习惯野外觅食

走进信众的田间地头

——成为灶神爷、土地菩萨

和老妇们念叨的太上老君

急急如律令……神明的力量

席卷草蜢、蝲蛄、稻飞虱

压低了身段，低过桑林，低过

河水，只剩散落的桑果

我采摘桑叶——引导秋蚕作茧白缚

九月书

秋天，拉长如此浩大的水势

使胡葱与茼蒿齐头并进

女人久蓄着及腰长发，用修行的竹篮

打水——总打出一篮好空气

拨开水草下的无名根须

月光让唇色明亮起来

虔诚的腰肢扭动在隐秘里

一阵密集的细雨

如丝竹般敞亮的爱情小道

还有田埂上益母草，重返飞扬岁月

雨点……你的心语，密密麻麻

未明真相的萤火虫，那晶莹的

腑脏——虔诚透明的女人花蕊

眼里涌起一阵阵涟漪

多年了，从未进入这样的水色

每一片光，都是惺惺相惜的湖泊

你俯身相许的那一刻

眼泪几乎要把自己淹没

与秋书

石凳上，总有个位置留给我

荒草遮盖大部分空白

坐不进了——虚位以待的日子

草丛里的双脚习惯沉默

一个苦旅者向现实，传递出

微弱凉意，传递到脚下蝈蝈的触角

一切似乎都在回心转意

那缜密的感觉器官——似在解码完美

并吸纳到强大的信号，鸣响声

似下在远方的一场大雪

我被悬在一种力量之外

沉甸甸的坠落，带给湖水

……绿草、灌木丛，酣畅与快感

是啊，我终日忙忙碌碌

熟悉的境地，世俗的黄昏

阔叶林有点泛黄，我重又坐在

一个失而复得的日子

不再为蝈蝈破译心声

远处水面，接纳我所有遗忘

打开秋水两翼

我以暮色引导消失
将亮色大都递交给过去
还有什么隐情，请打开秋水两侧
让水流压住松动河床——
马蹄莲漂入无人之境
我仍咬紧牙关，吐出那些
俗词：月色皎洁得失去光泽
而雨燕，它心不如一只亡命鸟
诗歌病毒的宿主，带着秋声赋
丝竹的奢靡、颓废，来自江南的旧信
带点儿出头橡子糟朽的风情……
我整晚用梅酒浇愁
杯盏中恍惚发出鸟鸣
似云朵，拽出一道蓝光

我还想化解一场阵雨——
命运渡口，灵魂快船从肉体飞驶
波浪无情地冲刷生活
把虚空的泥沙抛回原地
久久的回声，我必须穿过的障碍

在鹰窠顶

从山顶观穿顶，我看到了天象
东方泛青，霜呈宁静之轻
水天一色就是生死不渝
大风举起枫叶的红旗
一只夜鹰找回了搏击之欲
长夜有了日月并升的海
错落的高阳山，扛起一条大江
山脚下，稻菽结满文字
芬芳气息……静候的杜鹃花
分辨不清熟悉的环境
胸口滑过飞鹰的巨翅
它与我了解的姿势不一样
要容纳的天际如此宏大
要隐约灯火，阻滞虚度的春光
它睁眼，盘旋在我的余生
天空满是天机……争渡，争渡

南北湖

一切喧嚣，终究成冷光四溢
将平静的温床放置山下

每一滴水囚我疲惫的身心
为无法逾越的美，开口申辩

远山和近水，手掌的两极
我轻轻地鼓掌——天地合而为一

想起过一个人，水注顿即绕膝
跑着追赶飘远的黄叶

每一粒飞溅的水珠都会隐忍
比如映山红，映透在灵魂深处

红枫、乌桕挡住小路，无知者无畏
我是多么善解人意的……云朵

该有多少双赤脚，踩上湖面
这惊涛的速度，浪花内霹雳火

没有可遗憾的——今天还未到达

我在此，远离我，忘记我，难找回我

海盐山水

湖水漫流至今，想象即为过去
沁入肌理的绿是障眼法
让我在心头融化千秋疑虑
摆脱倒影的一再纠缠
哗哗轻叩——给怪石重新站位
换取隐没的橘树林，收住潮湿海风
色彩散落在喜悦的境地
虫鸣被裹进宽叶……蓄发
洄游的冷水鱼，无法啜到故乡的
腥味，而大树的屈身、沉默
让我心软，轻剔水面的各种叫声

流泉奔袭，带着柳叶、水蛭和七彩
游隼在张望。徒手的猎人——
袖笼剩半截麻绳，束缚于世

碰撞空谷

暮色离我而去，从云层到
树梢，多余的色彩扔给峡谷
细雨攀住细碎的毛鹃
摘尽一些阴影、一些不如意
溪流打开大山内心之门
我看透水中罅隙——星辰、云雾
带走我周身的浮躁气息

心与心之间，多么遥远……亲爱的
天地之物，倒映杂乱人生
你使我透不过气来
草木清晰指令……让我思辨真诚
疾风举的是把快刀呵
斩断你递来的欲望的乱麻

来不及为静夜消隐创口
迅速拔除山路上弥坚的根须
庆幸于，被你渲染过的洪荒之力
庆幸于，我赶在你前——停止衰老
打消山谷咒语，不舍昼夜

秋夜的对立

夜的一角，扑面而来的秋意

你的另一个好望角

无法伸手托起一朵浪花

那些湿润的植物，木槿、秋葵

……夹竹桃，战栗的露水有毒

灯光反射出橘黄底色

此时，你早已话别长亭短亭

重复没有一句台词的剧情

开幕与落幕——有些情节陷入荒诞

戏袍脱下满身轻浮

露出人生真实的皮相

让我的火焰无法近身

为烘托你的沉默，我终年压住

体内冰凉的火炉——

那是火苗熄灭后的

冷焰，也是我人世间的鲠……

平淡的午后

在雨中，一小片被遗忘的
绿，蠕动在九月的午后
"你的一阵阵挑逗，秋色已近"
神情，还有雨滴，淌过百年孤独

一些火烧火燎的余晖，近了
一些烫手果子——令我足够惊恐
平淡日子已触底，露出笨拙的河

不因鳊鲅鱼的啜咬，弃饵而去
破碎的水泡，我闪烁刀锋
磨亮鳞片上铠甲，和它共同呼吸

睡莲隐忍未开，慢慢飞出花朵
炽热的温度和风骨——让我俯身
关闭水面迸裂的缝隙
把滚滚而来的巨响，埋入花茎

夜色催更

绕过水泥廊柱和花坛，黑暗之中
相互距离……像一生的眺望
鸡冠花昂起沉默力量
隔着秋夜，渐渐升起寒意
触摸到我的体温，我的
破碎的人生立面，是一片燥热
还是拂动花圃里所有婉约?

仍为今晚，轻吟的歌声
抵达唱词的虚拟部分
树枝上雨滴清脆，落花纷扬
我退无可退，走前一步——
不堪、隐忍，何惧撞他个满怀

对面的一家日夜小超市
一个倩影，刚充满电
以手语轻巧地完成一个时代
——星星般独自的闪耀

哦，我们说尽了多余的话
从电子碎片中筛选自我

所有相向之路——

都是错的。秋雨来袭

找不到一棵可以相依的大树

西江月

今晚的风，或许压垮你心中
最脆弱的那一堵哭墙
——空空世界只等一朵云

天黑了，大地上的悬浮物
倒叙着光和影的故事
收留你的独木舟，走出宁静夜
你要乘风破浪，要一颗
宏大而博爱的心房……泵动
一个时代的极限

合欢树——你的灵魂树呵
每一片叶子，都是飘去的春雪
谁将你滋养在书房案头？
谁把你泼洒给混沌冬夜？
失去的快乐过于匆忙
得到的伤感无处安放
展开你，燃尽你——
置你于万物之巅

猴哥的应答

总会相视一笑，彼此泯灭
前世恩仇，总会等到这一天
等到你殷红的屁股
火光冲天。你早已按捺不住了
——那一颗不死的贼心

在这个纸包不住火的
日子，你一手交出胆怯、贪婪
另一手交出无法寄生的小虱
扯光全身杂毛，布满同情的眼神
一直难以打开心灵的窗
尾如旗杆——轰然趴倒于黎明

找到一个伤心的理由
大闹一场，然后悄然离去……

点亮桑葚

仍有回旋余地，我们扯住了
藤蔓，让春色停止于月下
小院里，凉风泼面而入

一切刚开始，泛青的甜椒
黄色的金铃子摇动倩影
漆黑一团的甲虫，逃脱黏土困扰
我被丝绸紧裹全身——
又在渴念什么呢？我的那只
慵懒小蚕？唇与齿的啮咬
日夜吻别稻草结上……金色天堂

深入体内的豪情、无私蛮力
想拔一根麦芒，挑破真相
蚕花在炫舞中慢慢隐灭
甲虫也噤声，慵懒地涌入远方
轻易不相信——速朽的力量
身体发肤，终是时间消费的丝织物

在远处的桑树内……神祇
收回成命，所有桑枝

将从无序的乱风中找到
一条蚕的纯真年代——

桑葚点亮河面，一次次
暗红被流水无情淹没
使得我们不识春风，深不见底

长夜寂静地留白

坐于春夜，天地浮起
把我托举到向往的高度
我害怕完成神秘使命
担心整个人——变得为所欲为
在被束缚前，先放弃自己的欲望
要有漫长时光，解困平凡生活
要有承诺，释怀一世的愧疚
要有黑洞，吸附哀愁者的歌声
要有我的步子，冲出快乐大本营
骨骼内战鼓在拼命地擂——
甩不掉的红眉小鬼
都是我身体内久治难愈的
病根……纠缠多年了
没有更好的去处，没有一个新欢
没有比遗忘更坏的眷恋
知道这些存在，不必成全他们

渡啊渡

谁去寻找河流，我不在乎
短暂的春天，梅雨在天黑前停止
谁抱紧镜子钻出云层
羽衣水袖抛下一片清丽桨影——
我接住了一生的惊涛
我想与你同舟共济
塔松下，风如缎带一样拂动我
我想，这一程你找不到归途
潮湿的黄昏让人渴望
河水已难挡闪耀的星光
我想随滚滚而去的红尘
让出眼前庸俗生活
或者，大江大河都不避让
一趟趟涉水——涉过你的爱河
流水拖住烟霞，我已心旷神怡

在钱塘江

我太需要一勺水、一场雨
驱散额前紧绷的乌云
而你仅给了我窸窣水声
流到膝前仍不懂世事艰辛
不知寄出的潮水，涸散的浪花
用一段月色滋养那片潮声
潮汐无边无际的冥想
退去很远了……还有诗与远方么?

如今，我却在背诵你的
——八月十八，还想以一只
乌篷船，接驾你的涛声与轰鸣
打开诗意里的清澈、暖意
等待你迅速爬升到浪的高度
漫过我眼前所有惊喜……

提伞的人

过了这一座桥，我就体会到
枝头寒意来自何处——
你周遭被冰冷的石块砌身
已无法抗拒命运的歧途
不会再有雨中惊艳
不会愤怒……恶从胆边而生
冬天沿着石级逾越
——开始一条河的前世今生
灯火收拢太多阴雨
伞也收不拢，那就各自为安吧
雀之歌，这是你唯一
没有唱完的曲子，每个音符
都是我魂飞梦绕的流水呵
鸟走散了，我将把自己深深地羞辱

午夜之惑

去了一个不喜欢去的

地方——冰雨引路

边缘是否有黑色尽头？

无色的伞，打开夜的通道

一颗小巧的心——手捧鲜花

从木框走来，一路走一路枯萎

纸折的落瓣在风中飘滚

随着雨水一起隐藏

午夜……残缺者的欲望

这时，有人告诉我——

吮住手指，你不会感到绝望

我想，我们坦诚面对现实

花瓣落尽，偷渡对岸点一把篝火

一个终日打伞的人

围绕着圆圆的方寸，低头做人

这些年，我像一株没有伐倒的树木

每根枝节都是风生水起的森林

它向我燃起的那刻

我成天空的一把魔伞

——打开，却无法折返

辑 四

绿肥红瘦的山峰

在水一方

等我的是黄昏，不是河水和
堤岸翠柳，万物衍生真情
我心存畏惧，一路溯源
人在逆境……低头后又一次相逢

天暗了，拨开出头的羊头草
不让结伴相行的狡兔反目
一个人怀抱着明月
芦荻、鸡头米，在摆脱中沉醉
谁的生存本能——欲飞之翼
迫降于水，坐看云起

波纹一圈圈消磨孤独
我要坐等蚌壳打开春天——
水妖在拨弄那颗转世灵珠
她的笑是丹砂，是万古愁……

在浙北

流水在草丛汇成一个湖

小女孩般一惊一乍

四散漫去……似又顺路回家

草木在半夜挪动

那么柔情、憨实

小兽们镇静地捉身上虱

浙北湿冷，仿佛皮肤开裂后的

——日暮乡关，一道道创口

抓住土块，堵鳝洞的光

我，一个木讷的人

一生讲得清的道理不多

眼中河山，也就在薄雾里

缓缓下沉的渔村蟹舍、粉墙黛瓦

……沪杭高铁，蚕花如晨鸟点缀其间

成为美的终点。我不记得自己

是在回味还是眷恋，是感伤还是喜悦

大风吹出我心中愧疚——

所有赶去的光线，都在春风中折返

在田间

一地的鸡毛菜叶
卷入绿油油的菜畦
飞渡早春的难关，鸡的嘴下
哪来的春荒？水塘有哪些盈亏？
想象不出——粮食和水
因公鸡打鸣，造化为人间烟火

小鸡掩上蛋壳，向新生
做个交代，叫声稚嫩而仓皇
步子细碎又美好
屁股上绒毛，开一朵谦卑的小花

在江南

弦月之前，我不惧浸润在
任何一片影子——我好想去看看
腼腆、苍白，轻度恋物
在女人跟前期期艾艾
爱过的野花，让我重新栽回荒地
长发，收紧了瓣……运河水妖
不用再留给你深渊
紧抱的红尘已将我流逝
走呀，朗月清辉非你的错失
在芦芽残妆里，我是今夜
收不回的一注细流、一片冷辉
仍有无边浩渺，吞没你
捶击你。打开浪花
——其实早是一个晴天

流动的丛林

水底深埋沉默的石头
石头隐藏流水足够的分量
浪花虚托一个缥缈世界
悬与浮——对你是一念之差
对于夜行者，星星过于耀眼

浪花啮咬在一起，变细的河流
相拥于秩序的恢复
曾经因水花，牵动一张琴
一种默契，扬起身上垂柳之轻
眼神里乍泄的灵动

水势不再漫过今日
鲇鱼钻入杂草之冢
经不起一阵雨，又一阵雨呵
你结成了异度空间
晃动来世之怨，旷世的爱

水上丛林

我记得以聆听度过的——
夏的闷热。扇子的风还未生成
织娘泗河抵达对岸
丝帛般嘶鸣，撕开一阵热风
我记得落地找不到你
萤火虫燃尽全部
弱小的肉身，一点点贴近我
救赎我体内千万次不舍

我记得风皆带短脚虫子
长水细流，我在低处看你
堵住了回旋的东南风
你说高高的月色……越界了
听清了叫声中的土沁
水波里我的喑哑内心

情感丛林

不知有多单纯，一场梦中越野
来不及领悟胜负，就被放弃在原野
而时光狂奔不止——草地上蹄印
到处渲染花开时的宁静
稍不留意，露出浅浅的马脚

蛰伏的草蜢已跳出去
雨季使群雀缄口不言——
神机妙算，使肉体飞得更远
信念与精神……我不知
这非凡相遇，一生在哪里分别？

浆果静静腐烂，在黄昏
我品味甜到腻的幻觉，光线已逝
流水涌向对岸，我留住了
那曾经的朋友——小兽之吻

丛林法则

那些方格子、长格子，那些
透着寒气的玻璃碴片
终于回到规则的框子里
拼接出完整的人生镜像

有人摸到镜中。他下巴胡子拉碴
像久离尘世的沼泽地
恓惶、辽阔，闪烁冷峻的光
足能扎痛动物们的皮肤

现在，大片树荫开始变幻
有无数胳膊齐刷刷抬起
伸出手，那难以念及的鹤群
接纳消亡、生存与纷涌……

哦，捉住了——猜不透的眼神里
看不透生死、冰雪和陡岸
那两只盛满泪珠的
巨大湖泊，蒸发出苦难结晶
和来不及抵达的荒芜

如意的粉蝶

这明黄色的诱惑，对树冠来说
是微不足道的——有月就好
穿过宫墙红门，穿过栅栏
一切真相放下它的神秘

银杏结出怎样的苦果
并非百年来，孽或爱的推送
千年来朝朝暮暮，相思结蒂在西风
想去的天堂被抽走天梯
自由泛舟的小湖，找不到水岸
每张新叶有擦不净的晦色

纷飞的粉蝶，弃暗投明
隔墙带来修行的音讯
仿佛人间的苦难，从采撷开始
肩头上，落叶给了我惊醒

一念之差

怀揣果实，其实没有落地的
机缘，时空秘钥在坚核内
每天试图撬开壁垒
窥探我的忠诚，辨析我迷茫的心
谈论更多的是——花开了
相隔一生，闻香识何人
岁月燃尽爱的桑枝
歌谣还是为湖水泛起光泽
我想，青蘋之末该到了
吮尽果香，呈现怎样的天空
安放这座盛大花园
我还是喜欢桑果灿烂、沉湎
看着她们静静熟睡的样子
……闻到婴儿气息，索一个吻
那些尚未散发的芬芳
或者，有了爱怜我都不顾
我得到一摊化去的印痕
操碎的心，果蝇排列左右

还记得飞么

指尖弹落了眼前微光
再也回不到黄昏前——
晚风细微，细到可穿过我的耳环
天黑了，对面山头响声如流
弱不禁风的马尾松，扶起
沁入葱郁的命运

我推窗，甲虫的身躯布满星斗
照亮书脊下的小屋
读诗，念词，夹带多余的话
——月光呵，我只是个小曲引子
我只是个唱腔里的新欢……

风展开水袖。羞怯、狐疑
怨恨也随它去吧——
激动于青枫摆动山体
激动于，阵雨带着整座山赶来
我在等一株还魂草
牵着我走向月亮宫殿

山居之暝

石桌上，瓷器终于冷静下来
冷得可以敲出共鸣
青花……锈蚀的时光
浮起一层层喑哑

山间沉寂着风的晶体
落魄的游魂，虚幻一个
盛放命运的大碗
不惧野果砸破尘封之雪
我高一声、低一声地喊呀
喊遍迟来的冬季
木屋吱嘎作响
我几乎舔舐完碗内光泽
哪怕昨晚一点剩酒

摘去枝头脆弱的叶子，隐隐暗香
那炫舞的青花发色——
在山体喧哗间，探究奥秘

喊破大山

这是屏蔽了伤心事，远山和
乌云，曲别针一般扭转
穿过虬枝上的斑驳，到了山谷
我想从松果收紧你
将所有的冥想演绎你，喊破你
你，虽恨再一次……
我想，剩下的爱怜足够余生
那无花不开的果囿
野蜂遗弃的精神乐园
甜蜜絮语，被鸣虫打翻在地
闲眼触摸——月色上温润
我舀去松子内清凉，琴弦淌落着梦
滑音如翅膀一般光洁。你无恙
将未开的花朵送入遥望纸鸢

迷　失

站在极目处，我想燃放一些烟花
渲染极乐、净土，无为而为
对于恐高的你，它的绚丽过于苍白
如无花之果结蒂归零
或者坠落……或者炸裂
到远离尘世的长夜，打开所有灯光
也许，深夜出走的你
抱着比娜拉更短头发的玩偶
在天黑——回到我的前夜
回到风底下的缄默里
是啊，我总是畏畏缩缩
每天只惦记你的病历，从纸面飘忽起
那一片被弃养的湖
每滴水都是迷失的眼泪
它垂落的刹那，如此孤独而完整

琴弦的张力

从一场风暴中抽出，从此
带着苍茫全身而退
渐失了情感，我在水上漂浮
浓雾里结伴的伏虎者，不甘于
蛰伏春夜——抱着云团滚入汹涌
我的人生有新的港湾
荷塘与月，涤荡我全身的河流
泛起泥沙的细小秘密
——哦，想给自己留条船
内心早已张开一片帆
奔腾的水势从手中收拢
万物被打回原形……却已不再是
那一片残雪，盛放着暮春
我避开唱词里的漩涡，琴声擦亮夜空
连夜摇橹，我以琴弦的张力
推开前方闪电雷鸣、滚滚巨浪

不如跳舞

要跳就斗胆跳起来吧——
反正丛林外晃动起蓝月亮
小兽们到了受孕期
它们毒辣的眼神躲进月晕
它们舌苔上荡起温柔的火苗
即将映红了仲夏夜之梦

对利爪下……人兽情事
我至今还没被某一个动作
——轻轻挟持。离群索居久了
喜欢手脚并用的舞姿

舞者将欲望引入歧途
它们问候的不是你好，或嗯
它们嗅闻臀部，并非脸颊泛光
头埋入泥土的弱者命运
斯如草木——活得不明不白啊
彼此熟悉的生死谜面……

我佩戴野菊花手舞足蹈
从此再不用惧怕山魈
它的蓝脸明媚，有智者红晕

浮光鸟鸣

河水滥情的时候，春天离开此岸
热风无声吹灭的东西
太多了——鸟鸣息灭于暮光
传奇劫走了整条河的鱼虾
波浪也在吞没我的夜梦
我被这一场黄梅水困顿至今
天黑了，沿河的乌桕
还在揭我头顶悬念
我想，对于流水的警觉
随手扶起水中的大片倒影
回想一个人逐水夜行
把绊倒我的菟丝子、羊头草煮了
还有，算计我的乌黑的蚌壳
打开她——为我照亮多余的路
我忍住夜色逾越，忍住骨头里鼓声
克制脚步，不会沿水路潜返

水泽之葵

一群被水车搁置岸边的闲人
找不到运河的奔流方向
只能嘲笑向阳的葵
"大盘脸被一针针光线，扎出
烈日底下最耐看的鞋底……"
回头之岸渐远——终成了远方
所以啊，我无心找北斗
气喘吁吁追逐路边向日葵
这些佯装庄重的茎秆
竟轰然倒塌于悸动瞬间
难挡世俗——使人愤然地沉沦
忍受不住这场梅雨
问一片黄叶、一座老屋
一小段变短的迟暮的光……
我从水边一次次穿梭
口袋里仅有一把葵花籽
一粒、二粒……不知数过几遍
落日才渐渐暗淡下来

流水的约定

拨开河边迷雾，桑葚
能否代表一种植物正义？
面对桑园，父亲的愁容难以散去
那梅雨天陡然收紧的
果实——经验与误判之间
父亲脸上沧桑，见不到一点太阳

而河水从头到尾是退让的
只有三十九棵树的桑林
组成五月的某个日子
供眠蚕战栗、啃啮……无声呻吟
咬碎绿叶的阴暗部分
父亲曾与桑园有个约定，今晚
将独自修补枝头残缺的光

他钟情于桑叶——叶脉走向
不在乎满月、弦月，与其让桑剪
苦苦蹲守，索性跳一段健身舞
滴水之情渗透整张绿叶

眠蚕勿在他瞌睡时穿越人间
一根丝似断非断，在运河……

绿肥红瘦的山峰

在越走越窄的小道尽头
我被一道道白光诱惑，流泉
把我从黑暗飞到体外
再也没有绊脚石、束腰带
和绣着纹饰的华丽镣铐
我全身轻盈。那丝线般缚体的谜团
——行为准则，不必每个都拆解
也不要嘲笑行人驻足观望
如我轻飘飘地踩上石头
蜻蜓打开飞行器，开辟新归路……
我们各走各的下山路
不想独占前方霞光与虫鸣
枫林刚刚红了一遍，这些年来
我还有一捧没寄出的枫叶
每一枚都是绿肥红瘦的山峰——
她向我靠近的时候
我将她久久地拥抱

夜泊月色

它是木管里黄梅水的呜咽
它是浮萍忘记搭载的一只渡船
倒扣着……来自黑暗内的秘密
我想克制住情绪
月色发散为小片的瓣状
用力顶住我细流般的牵引力
好了，还远未到放弃时刻
哗哗流水——像透明的初夏月
活水终成生命的源泉
我几欲从波痕上蹿过岸去
或者，旋律和打战我都不管
船艄悬着一颗心，天空明亮如初
搁下一摊河水、一缕幽光
在比棺木更亮滑的舱板

黑夜的河流

就这样放下自己，桃花鳜
——顶着月晕，蒙上神秘的雾气
无视我的告白，埋首于风浪处

生命是如此不堪一击
伪装文明的电触鱼时的火光
让芦荡久久地振荡
我知道我浅识——
任凭先贤何时抱走残月
不管身后灌木丛生
夹竹桃香气轻浮、绝望
我已随流水，一起奔袭于黑夜

大风抵消恶念间的落差，无力
让纺织娘，再次大鸣大放
——唱出我的失落
和备受漠视的出梅日

逃离暗香

桑烟里，看到一身结满的伤
眠蚕吐出一个个痛字
真正疼痛，不一定叫出声
在桑树的孤岛里……
还是跟随蝼蚁逃离，散播悲情
我认知的蚕只是如愿
似人间的过客，一朵白桑花
匆匆泛活——缠绵、脆弱的路径
天知道，能织出这旧梦与繁花
你有理由拒绝吐纳
这悄无声息的爱和悲伤
这呜咽，这草簇……在今夜
我在内心止住了雨
在我不知所措的暗香里

慢摇的河水

船头之人，不一定是个采薇者
流水像前世滑落的那串泪
一直在寻找这片阴影
水鸟飞扑而去
哗哗打碎的水声，纷扰于世
我的酒恰到好处地清醒
苏醒的河浜——晨晖多么轻盈
轻到捞不起一点月色
梦也随之散去吧。江南梅雨

退而织网。指尖尚存多少漏洞
被身体一块块斑驳……吸附
到了，我放弃手中梭子
放弃引你入网的——这一条长线
荒芜或迷途都不在乎

在送别春天的地方

黄梅急哄哄的水势
引入一场纷争，现在——
我是特立独行的船老大
你却成推倒重来的一股逆流
我以渔网布下迷魂阵。多么逼真的
清凉夏夜，阵雨准确埋藏夕照
而你预言的鱼，似在月落前落网

鱼篓翻个底朝天，捞起一群汪刺鱼
把自己赶入文明的杀戮
穿过红蓼、香蒲和羊头草的
重影，回到送别春天的地方——
你驱散东风里的桃花
我赶不走心中的惊涛骇浪
你以漩涡——不断降伏我的贪婪
我捉拿一只搁浅的蚌
如救起一个久远的亲人
我要把越扣越急的波浪放下
把你也放下。你紧托着我
像一对爱恨交加的冤家

我们爱灯影

似乎没有察觉到月色之冷
它收敛的光芒重返船艄
秋葵吐纳恒常……雨丝无常
灯影，照见又一个季节的隐灭

只有流水，散出真切热力
把船的波痕，汇集成了轻盈
多么完美的桨声呀
我们的灯影，像一群鱼
穿梭在自己微弱的心跳里

每滴水……内核中的梦想
局促难安的泵动，我要把
空荡荡的浜底和回响
——都放弃。我手中船橹
带着点男人的铁骨柔情
灯影，像无法褪去的爱的红晕
岸边又一次被遗忘的玉簪花

逾 越

终因炽热的麦田，群雀
散成花瓣状，多少次回望你
曲线的……奇思妙想
我的铺垫有香草般柔软
嫩滑的麦穗，低垂沉思，露出妩媚

风的力度使秸秆——重现生机
一根根达到古朴的高度
我们把持着神圣心旌
你折弯时，并不感到沉寂
像倒下的命运，而声音远播

把作物当作游走着的灵魂
在田野，我要搬走你的昼夜
汲取你爱的芬芳和迷失
用难以逾越的草地、湖泊
诀别的雨、回不去的过往云烟
数不尽的星光与怒放——
一粒粒数你

扳艄者

扳回一艘船的过往，我的春夜
从未有如此辉煌的灯火
让你我心灵通透，现在
船艄的撑竿延伸至今
奔放的姿势，被你把握成美学
握住水的寒意、水的苍凉
握住亘古不变的速度
我们的快乐源泉，有风声助力
我与你同行
我想，失散的亲人……快了
不因水浊而隐姓至今
船艄——扳回失去的某一天
桨影闪过命运一刹那
对此岸，我抱有深深的不安
浮萍如受难者，星辰独闪
被你的船篙一次次挑中
仿佛要把我化入风中

午后的空白

中午的酒还慢慢酗着

我抬头看见博古架上的

汉罐，深陷黄昏的阴影之中

土沁色客厅，比虚设的颜色

更早跨越醉眼蒙眬——视觉盛宴

无土的睡莲渐入佳境

壶内的茶叶，浮出想象空间

整个下午我一直在惦记

午餐的那一盘小杂鱼

河鲫、鲈鲴和汪刺鱼的刺身

一根根挑破美味的细刺尖

卡在村厨油腻的手艺上

我微醺却难以入眠

想起乡村古法炮制的土酒

红蓼般倔强倨傲的酒性

会在记忆里温柔片刻

勾引酒鬼——产生作诗的冲动

而真正的诗人已不省人事

头靠沙发，搭乘开去苏州的快船

读懂一个女人

夏至了，梅雨也已走来
我还没从春天缓过神
那些和煦，那些隐秘的私语
让我端坐在明净窗前
捧一盏梅子酒，浅浅地抿
读一个女人的朦胧诗篇
像读懂她左臂难看的牛痘疤
——里面开败了一朵荼蘼花

打开天窗，鸟尽说一些
我听不懂的亮话
无声水流……暗暗窃喜的
送别，挣脱苍耳、艾草纷扰
收到木排上带来的旧信
告诉我暮春的消息

乱梦之外

一次次乱梦，梦见科举考试

——默写墓志铭，自己凿自己的

碑碣，让古老的弦月

渗透石质，黄叶铺满山坡

你或是乐此不疲

把高尚的头颅寄托傲菊

我亲赴虚度的时光……空杯

咣当碰响你隐秘的灵魂

独木桥理应给落榜者

而多余的悲情，解开黑夜星辰

成炸裂骨骸的一声惊雷

仿佛呈现五谷丰登的幻境

让你笔墨酣畅，愿意我所愿

在临场——发挥我，驱使我

让我放弃消亡，又未形成积雪

虚构的站台

你们俩，是谁在虚构着站台

——站在美的制高点

仿佛两只互不动摇的鹈鹕

对着天空应景，颔首

长喙投下长影，似一道巨大的伤疤

冰雹过后，我原谅了陈情

收紧前方一切未知

过路者，暂时找不到栖息地

冻雨却充满丝丝暖意

神祇体温……羽毛被梳理干净

避世的云朵来不及转运

消融之旅，来自你们翅翼

我一点点加大风力

在命运无法抵达的站台

辑 五

大海在退步

吹散的浪花

阴历十五的巨浪有倔强头颅
一次次顶撞，甩出蛮力
嘲讽我仅存的力量
让我陈旧破碎的海图
拼接、会聚，许诺脱离苦海
暗暗地卸掉伪装
将颠簸的船瘦身下来
满载着黎明与梦想

——感激它赋予我的排水量
排开时空的思维之源
抵住风洞般强大气流
漩涡之外，我或是星空下的
一个针眼……吻合神奇的潮涌
每朵浪花，都是一个归来者
听到波涛里叩门声音
每一滴不可斗量的海水内
将是我另一个完美世界

潮汐过后

面对人世间难缠的
另外那个海，你一次次蜕去蔚蓝
渐次登陆为黑色风暴
足够抹去我的任何苦难

星斗扳平船艄失衡的洋面
轨迹，仿佛我的一颗寻常心
护佑你的力量，让水底强大的轴心
翻卷起潮汐——失去的云朵呵
离岸的船是否刚刚返港？

你吐纳的磅礴……万古长青
泡沫全是海的骨气、魂魄
可倾诉的金色港湾
为你平息沉默，让我等了一生

又观沧海

因你平静应对，我成为天地的
对应。被海水稀释掉了航程
多么奇怪，我想问候你
时间向你漂流……由黄变蓝
驯服的浪花涌来涌去
我坐拥甲板，却将要滑进
一滴水的怀里
喊声如绑上一支快箭
搭载着顺风射向龙宫之门
我想，今生也就罢了——
鱼虾拱卫在黑暗的尽头
暗流一直涌向白昼
我闻到如抹香鲸体内喷出的废气
虾兵蟹将好像欲罢不能
向我发出旗语，仿佛遥远的梦……
我喊出的一声声渔号
在无风而起的浪口

航行志

风是体内的信号，我被自己追逐
被水中倒影化解真相
被浪花扑击——打回原地
找不到伤心的理由
我猜想，人生的路难莫过于此
大雾锁住最后的念想
月光的野性，无法泯灭
我的原始本性如虎斑鲨之吻
过早暴露温柔的浮标
击碎了舱板，才算释放欲望号快船
没有方向——却成为最后航向
每只鸥鸟都是海棠依旧的慈航
它朝我飞来了
展开比大海更广的胸怀

曾经沧海

月色，洗白一切过往
无法在桅杆上挂出一盏灯
接济沧海……我沉凝的航标
不惧劲吹的海风，一遍遍
吹拂开了天地四角，我们都
投入不断抗争——喝下命运汤汁
在波涛上雕刻蔚蓝与深邃
我感叹如此强大的缅怀
似在收留潮退后的孤岛
……潮水裹挟长长的带鱼，首尾相连
那些虚张声势的温情泡沫
使我们产生更多警觉
我愧对被拖累的深蓝时光
目光，产生永久的持恒

启航者

铁锚提不起滴水之重
对于每一条失衡的舢板
北斗成为航船的无限畅想
我想进入虚空的舱，突破浮力
打开又一片精神陆地

大海乐见其成，给予自由飞翔
再大的风吹不破温暖季
灰色天空，接受海浪一次次
跃升蝶变……
需要一万个颠扑的理由
我们无风不起的慢板
给远逝的生命以尊重

我理解独航——安放骚动的翅膀
涤荡之歌一次次触碰黄昏
阵阵咸味，让我误闯这片海
保持着默契与风度

大海在退步

因潮水的拍击，大浪退却
蓝色洋面，泛动时光的浮标
你的漏网带不走众生
披风，斩浪，还我一个畅快人生
独特的翅翼展开更多想象
春风，理想地吹拂，秋水长天……
勾勒出饱满的颜色
而骚动的鱼群把我吞没
来呀——我是漩涡淹不死的
不朽神器，拥有坚硬命理
舷窗里挑出一盏渔火
只有你听见了风暴前奏
跃起浪花，挣脱自己的束缚
却不知道释放泡沫
和一次次降临的苦难
所有航线，也是爱的引线

听　海

那些霞光之媚，传导了海面
怎样以油彩扰去纷繁
神让我东风拂面，时光还是留住
——最冷的夏夜，在礁石等我的
不是一只白鸥，是东南台风
巨大的落差，吹皱平静的画面
苦楝喊不出苦楚日子
无花可开的树变成风景
"能否借用剪刀的姿势？"我想
修剪一下隐去的情节
我将沉醉于卷云皴、披麻皴
以一支被树枝捆绑的秃笔
游走植物春秋，生命的黑洞
当海风试探洋流走向
我们约定潮退后回到滩涂
太多的留白如前世戏谑
退潮的海水，无关生活波动
那些咸咸的苦涩，逼近我
所有此岸，将化作笔尖上盐粒

行走的洋面

走一段，陆地也就成了岛屿

遥望此岸那棵合欢树

吊桥不停晃动出漏洞

天各一方，难以从容淡定

天闷，就闷在站立者的姿势

离开故土后无法回头

想想身边往事——走一段

浪潮就退出一块礁石的

隐秘，我也就只剩下步履轻松

难有时间……收起曾经丢失的距离

我被维艰生活，推向桥的对面

每一步漏掉的细节

足够回填桥下不平之浪

颠簸的心境自然平坦

灰鹭为我平凡的日子鼓噪

云层深厚，光线也是咸的

山　居

身后的小屋接近云端

有很多长相新奇的草木

恣意地涌动——在陡坡

我就能眺望到远山，而心里

放不下一朵卑微的蒲公英

吹出的波浪形曲线

这美的缔造……空中飞行器

一只旋转翅翼的候鸟

缄默不语，像我驯服多年的猎物

飞完了过往，只剩下原路

在分岔的枝丫……等我

不是乌鸫鸟，带来的黑色幽默

它筑巢的风水是件盛事

来不及花开花谢

习惯对未来的淡淡感悟

我领略到这山那山，晚来风急

水在低处

那么多的小飞鱼向我涌来

皮肤上似有雪片滑过

黄昏恍如没有边界的湖

睡袍随风挂在树枝

我湿漉漉的躯体……鱼的命运

被一段粗陋的浮标寄托

悲悯的无鳞者，你渺小的软体

我领受到冰凉感觉

接下一丝丝蓝光，顺着细刺

我扎入你的另一种形态

我想，该来就一起来吧——

譬如被你掀起的死水微澜

都将被我打回原址

接近你……接近亮色

像慢慢抽去冷暖，把我悬荡体外

良禽自择

一些禽鸟喜欢用羽毛

铺垫缺失的记忆之路

缓解某种聒噪情绪

我头朝着你……雉尾方向

把红日与烈焰埋入远方

梨花洁白的睡眠，快了——

坐待蓬松日子，把春风推向此岸

穿过林带，我们交谈未来

声声啼鸣似乎彼此难分

像千里外捕捉到影子

隐匿了轨迹，并不是嘴里果实

来自风险的源头——我的

坍塌的心，从爪下挣脱一片温柔

谁在黑暗中作亮翅状？

落水前嫌弃我羽翼未丰

不再是暮色

无非是，绞断了情感的锁链
从枝节上截获了爱——
给你把柄，给你黑屏
给你萎靡不醒的冬之云
孤独迟早会退出菩提枝头
烟尘将被一个早晨铭记
而我是血染风采的枫叶
为了尘封已久的春夜喜雨
为了青瓦屋顶，那一小缕光芒
我拥抱着终年都消融不了的
积雪，那是心灵间暮色
也是无力抗拒的韧性

怎样的纷飞

寒风中我模拟知更鸟的
轨迹，线条刚毅的一条路线图
从红斑胸襟前射出去
血液也几欲喷出，带着张力
到了二月，到了可以驾驭
你的早春，我像坐在翅翼
坐在模糊的雪花里

退却的水曲柳，我们渐行渐远
遥远而能见底的黑陶钵
悬浮的感觉，落空、飞驰
破碎……粗陋的土沁之色
却是我的本来面目
等不及收敛锋芒——
利爪划开一个个地名
荒芜视野，马齿苋散尽暗绿光泽
叶瓣卷起某段旧梦，你许愿
一地的春色和芳草天涯
像缠绕已久的明亮的声音

美的倾听

我要用隔岸之望，听你的
雨打芭蕉……从水珠间
渗出一缕淡蓝色呼吸
我要用你滴穿胛骨的轻吟
千转百回的痛，一次次看你
爬行到蚌珠的内心深处
水袖轻轻地撩回原形
我还是要逼你上岸——
抖落潮湿水汽，阴郁的花朵
让河水平静流出黑夜
这就足够了……满目余晖
丰美水草，鸳鸯似又飞远了

你以水掩面，抽去蒙尘的跳板
魂入渡口，一句错念的台词
让我只抓到一片衣袂

上　山

山头无声，雨点的爆裂无声
声音只落在青冈树上
嘀嗒的过程，天空是绿的悼词
我，一个穷人的后代
手捏天地银行亿元巨钞
不知该如何买回一个
清明果。而浆麦草的芳香远播
从小雨中提炼春天的翠
隔离的灌木、荆棘，我的先人们
都没发出下山迎送的
——呼哨。他们像一颗颗毛栗子
用劈头盖脸的倾泻
斥责这个来去无影的世界
和一年一度仅有的一顿
飨食。钱是用来烧的
不是拿来送的。切切，切切……

狗眼与人

狗狗舔舐我脚踝的伤口
它的眼光毅然跃过了
主人公愧疚的头顶
像在寻找曾经丢弃的胞衣
无望的呜咽，仿佛灵魂渐失
……水分、光芒，被埋入伤心地
铺上盐一般的命运结晶
眼睛有潮汐，像大海在拉近你我
夺眶而出也并非泪水
扬起了风，吹散一切悲欢
动物乌托邦——当周身骨骼
硬成一块石头，抵在我的伤口
沿着吠声寻找幻城
那个我不想去的地方

在铁店庙

庙中央的老爷，造就一副
菩萨心肠，独享到了人间烟火
二月初八，在铁店庙
当殿堂难容下偌大的坐像
他的目光如炬，抓到一缕缕青烟
那么微弱的一点烛焰
如仙境中抱住的大团云彩
他果然是真人，成了伟大至尊
白雀也想得道升天
从热烈的鼓乐，打开宗教虚无的
冷门，没有想要占有香火
路上一切安好？身体无恙吧？
为人情所困的人呵——
大喝一声老爷，方得解脱

湖边的清若空

我们吃酒，就着桥下的湖光
佐餐，大团的阴影从酒杯苏醒
跳进跳出，带点春的慵懒
毛竹筷也不肯闲着
夹断一段段虚度时光
至此，我们再不言青春万岁
用酒醉将自己重重击倒
在流水的轻叩声间
一遍遍把身体送过岸去
等熬过今晚，月光从桥上
收缩到一株文竹怀里
我们终于成了酒杯主人
团坐桌边，回到从前的位置
我是多么年轻气盛
喝酒喝酒，朝桥头凝神的妇人
递上清若空的酒瓶

西行帖

空凭一双手，捏不住
冰雪消融……时空的快车
西行，身不由己的行走
发出使我惊醒的战栗

大写意的荒川，不是一道好风景
在虚幻中引领梅花落蒂
风向，朝我的反方向运动
冰河变薄，露出了救命稻草

如果有颗星辰——暗淡了
我这片积重难返的
雪野，布满了小兽的蹄印
我无法走出的茫茫缄默

木之殇

只因对一块独板弹拨

我空空如也的内心世界

黑得看不见影的舞蹈

带来了一阵阵——奔腾舞姿

云深处，有个不安的灵魂

栖于梧桐，在我镌刻的座右铭

听到了……相依为命的乐声

或者千里外下的一场雨

使我终年漫步，浪迹江湖

攥紧手中的空冥之弦

远逝的时光和月落我都不管

我拨开一小块云彩

牵动星辰——有些恨，变得难以治愈

木质的音符，发出嗡嗡鸣响

弹奏的流水开始跳跃

花不语

丝弦戛然而止，也唤不回
你指下轻飘飘的
虚构时光——收紧一团烂漫
我的歌谣或将迎来终曲
枝头结满万千愁绪
所有光线正一针一线
穿过微风落下的针脚
我活在这珍贵人间
给你琴瑟，给你天籁之音——
植入美人诗行，倾诉昨夜的细雨
而我是繁花隔开的篱笆
为了枝头痴情小蕾，为了
春光化尽积雪，再听不到弹铗而歌
花不语，风懂得柔软的心声

昨夜东风

昨夜东风，昨夜的小楼

我该托起掌中怎样的

巍峨——绵延至今的春雪

把栏杆拍了个遍，对于红漆小庙

慢慢褪去它神秘之霜

我对于过往，已不失为一次

命运辗转，早就铅华洗尽

小羔……紧抱住体制的安静

梧桐落籽换来一阵阵隐痛

试想将跃过哪扇窗棂

把另一间黑屋留给黄昏？

储存小罐内的光芒

未到天亮就嗡嗡作响

世间一条绵长的进香路

纸上明月

有一种弦月，透映纸面
形成自闭，在树梢催人昏睡
粗枝大叶地爬进梦中
从我的脊背深入天地
雀舌底下——生不成好口彩啊
给你窠巢却无完卵
给你火苗，却已穿越纸糊的灯笼
多少次被扑倒在恶念下
我的心因你的翅膀而蒙尘
想与你结伴，在没有月晕的
河埠，把火焰引向对岸
我心里突然开出一朵莲花
仿佛唇齿留不住的爱
让那只小船，一点点摇过余生
你也尽可收紧羽毛
选择一个叫义庄的地方
隐姓埋名，泊向残月断碑

惊　蛰

竹如静水，脱离乱风的怀抱
清凉气息麻醉我的——
天空，竹叶在一张张发亮
我的隐晦也将告诉你
譬如响指打出的微小惊雷
……细语、喘息、涟漪
缤纷就匆匆落了下来
我想揉疼一株早慧的兰花
勾起野风的激情吹荡
让长脚虫——试探纤纤玉足
几片带刺的瓣，解救了我的沉湎
到了与你擦肩而过之时

回过神来看幽兰，太纤细的
意象，我要把残雪也捧热了
也许可擦拭体内玻光
我摇动浮尘……大地拔节声声
带来初春一声惊雷

春水之缘

推开窗，雪花如远方鹭鸟
春天尚未抵达枝头……

看不见雪花间隙，依稀有我的
雏形，曾卑微地提醒过你
这么多胜过来世的雪朵——
落单在桥堍的鸟鸣里
融化那些无关紧要的成长
你以无知嫩叶，挡住焦黄生命
婆婆泪，芳草心，撼动这一抹白
如一缕神忘的灯火
在水的出入口，等我

如果能以古朴守住初心
——就换下我的旧灯芯吧
自勉像一瓣消了魂的雪
从此，就知春天的水有多深

划开河流上蓝烟

失去了月光，我一贫如洗
手臂——充满了放荡和蛮力
像桨楫一样伸向远方

虚无的掌纹已留在黑夜
河流从我手心隐没
在消弭声中，采到春天的河与岸
坚硬不化的冰寒，披散蓝烟
——让人从锦衣中脱身
给我要根束腰的草绳足矣

木船在等待潮汛，我回心转意的
扳艄，只是让船舷察觉到
肉体已经融于河水，流入到哪里是故乡？
四腮鲈鱼的细鳞，在一片片揭示
水草遮住它们眼睛

淌过岁月

扫完了残雪，光线非凡
空间再次被凝固起来
我也随周围——冷落下去
该把自己横扫到一边了
笤帚遮蔽不了局促的世界
头顶着巨大光环
却照不透那块隐秘之地

空酒瓶表达某种意志
酒意正酣，听到里面雪的空溟
正在划向肉体深处的小湖
整个黄昏几欲接近雪崩
雪水淌过去了，冰凌回首
挂满岁月的冷风，而梨花未白

我知道，冰雪似在相互拥抱
听到她们呼之欲出的快乐

雪飘于心

从一个布道者的嘴里
雪显然是有热度的
因果之缘……四周粉墙
一次次补光，露出多彩的返照
我心中盛满豁然之雪
以为天亮了，玫瑰长出针芒
追逐枝头一些细节
尘世安静得几乎失去重心
身体愈来愈轻——脱离教义
当我嚼着菜根睡去
旁边的红木摇椅也睡去
摇动的幅度没有停摆
吱吱嘎嘎的——雪花飘落在
冷热交接的地方，心已是早春

融 雪

黑夜送走最后一束光
也送走模糊的路程
剩下积雪，消融于一身
天地的距离，就差一滴水了
反正落在脸上的时候
痛哉——几欲成快乐鼓点
我避离人世间灯火

天无雪，何时束上
树身那根箍命的白腰带？
我刮痧，拔罐、按摩
半世流离，咬碎一颗娱乐的
智齿。残雪正被潮红吞没

他重又酝酿一场雪事
——黑暗中举着一面大旗

认真的雪

大雪几近扩散，从水滴
坚硬的内核挤出
绵薄之力，顶了下天空的
硬核，在日光照不到的地方
顺着它飘落的姿态
我们只是默默地看着
在这片认真的雪里
正接受自己的那个影子
不知过了多长时间，道路
还是那么坚韧、遥远
呈现淬蓝的生铁色
雪也不再是白的样子
经过我的头发、衣服
喉咙口一声咳嗽
慢慢飘动一块空白

送信的人走了

送信的人走了，那场雪
只留下冬天的一角
鸟从冬天的风情中赎身
低头咳不出某个圆音
像一滴水，萦绕在浅浅的心房
迟缓地等候，粗粝地吹拂
将磨短多少大风的日子
雉尾下的湿冷光阴

送信的人，白纸折出玩偶
撕开了一场虚拟游戏
它挟持着灵魂，飞驰出纸本身
寄托到最后一缕光环
大地在发光，朵朵雪花
被吹灭，被收拢……在体内

雪花，空中又一次堆积
一沓白色的信，抵达春天的邮箱

奔腾的铁

喜欢在湖边散步。路基上
铁轨锃亮，滑动着湖光
它们阴阳相向地延伸
如我指尖——微微弯曲的
弧度，跳过了所有的障碍物
列车填补我的空寂，一趟趟
拉走聚积已久的爱或不爱
湖面还原铁质的蓝焰
轰鸣从早上奔袭

许多时候，我从听命于速度
退回到那张胶木唱片
飞车带我转响三九寒天
手中捏住的唱针，刺向
车轮永远载不完的精神之源
随漩涡一圈圈转动
在低处、更低处啜泣……

飞　驰

就这样我把自己送走了
连同疲惫的绿皮火车
一起送走——满载灵与肉的躯体
路程平坦而遥远
在透亮的思绪飞驰，搬空内心
和门楣上暗红色墨迹
想成为一个无牵挂的人
在宏大的沙器上奔波至今
而楝树无助地望风
几乎要把落单的人按在地上抚触
也许，楝籽的苦我也接受
汽笛唱响了家园，麦芒露出刺
我飞鱼一般的传奇
在晃荡的年轮里，越飞越远

图书在版编目（CIP）数据

发轫：杭嘉湖平原诗札 / 柳文龙著. —— 武汉：长江文艺出版社，2024.6

ISBN 978-7-5702-3498-1

Ⅰ．①发… Ⅱ．①柳… Ⅲ．①诗集－中国－当代 Ⅳ．①I227

中国国家版本馆 CIP 数据核字（2024）第 046821 号

发轫：杭嘉湖平原诗札

FAREN : HANGJIAHU PINGYUAN SHIZHA

责任编辑：王成晨	责任校对：毛季慧	
封面设计：李 鑫	责任印制：邱 莉	王光义

出版　长江出版传媒　长江文艺出版社

地址：武汉市雄楚大街 268 号　　邮编：430070

发行：长江文艺出版社

http://www.cjlap.com

印刷：湖北恒泰印务有限公司

开本：880 毫米×1230 毫米　　1/32　　印张：6.25

版次：2024 年 6 月第 1 版　　2024 年 6 月第 1 次印刷

行数：3529 行

定价：58.00 元